Antonija Cerkez Ivkovic

Die Balkanroute

story.one – Life is a story

story.one

1st edition 2024

Production, design and conception:
story.one publishing - www.story.one
A brand of Storylution GmbH

Font set from Minion Pro, Lato and Merriweather.

Lektorat: Ana Čerkez, Ivka Knežević, Mirela Marasović, Ebru Scharfe.

ISBN: 978-3-7115-0986-4

Für
Karla und Antonio

INHALT

Eram quod es,
eris quod sum.

Ich war, was du bist.
Du wirst sein, was ich bin.

Bio sam ono što si ti.
Bit ćeš ono što sam ja.

Vorwort - Predgovor

Im Jahr 2014 kam ich nach Deutschland und wurde von meiner ersten Nachbarin, Frau Merkel, gefragt, welche Sozialleistungen wir beziehen. Im darauffolgenden Jahr begann ich mit meiner Tätigkeit im Asylantenheim und entdeckte erst dann, was sie unter dem Begriff verstand. Die Flüchtlinge, denen ich begegnete, zeigten Interesse an meinem Wechsel vom sonnigen Kroatien ins düstere Deutschland. Meine Familie in Bosnien und Herzegowina, sowie Freunde in Kroatien, äußerten Bedenken bezüglich der angeblichen Überflutung Deutschlands durch Flüchtlinge und der vermeintlich schlechteren Verdienstmöglichkeiten. Gleichzeitig meinten die Flüchtlinge, Kroatien sei ein wunderschönes Land, und die Kroaten, denen sie auf der Balkanroute begegnet seien, seien nett und hilfsbereit gewesen. Die Deutschen um mich herum waren immer nett und versuchten vergeblich, ihre eigene Meinung hinter der Neutralität zu verstecken. Während ich mich inmitten dieser Meinungen befand, war mir die Komplexität von subtilem Rassismus und Traumata um mich herum nicht vollends bewusst, da mein Fokus auf dem Überleben lag. Dennoch spürte ich eine Sehnsucht nach Heilung in mir und in all den Welten um mich herum. Bis 2019 schwieg ich und verfasste Geschichten wie diese, bis ich schließlich beschloss, endlich zu leben. Diese acht Geschichten sind ein kleiner, aber kraftvoller Bestandteil meiner Psychohygiene, die mir geholfen hat, meinen Geist in den Anfangsjahren in Deutschland zu stärken. Auf dem Balkan werden diejenigen, die zur Therapie gehen, als verrückt etikettiert, in Deutschland hingegen ist die Nachfrage so groß, dass es unmöglich ist, einen Platz zu bekommen und für die Flüchtlinge geht der Weg zuerst zum Deutschkurs. In den Händen halten Sie sowohl meinen Deutschkurs als auch meine Therapiestunden, für die es keinen Platz im Terminplaner gab.

U Njemačku smo doselili 2014. godine i prvo što me je moja prva susjeda gospođa Merkel upitala bilo je koje socijalne naknade primamo. Sljedeće godine počela sam raditi u azilantskom centru i shvatila na što je mislila. Izbjeglice s kojima sam se susretala čudili su se jer smo preselili iz sunčane Hrvatske u tmurnu Njemačku. Maja obitelj u Bosni i Hercegovini te prijatelji u Hrvatskoj tvrdili su kako je Njemačka preplavljena izbjeglicama i kako su mogućnosti zarade drastično lošije nego prije. Istodobno, izbjeglice su govorile kako je Hrvatska prekrasna zemlja, a Hrvati koje su sretali na Balkanskoj ruti ljubazni i susretljivi. Nijemci oko mene uvijek su bili ljubazni, neuspješno nastojeći sakriti vlastito mišljenje iza neutralnosti. Nalazeći se usred svih tih mišljenja, nisam bila potpuno svjesna složenosti suptilnoga rasizma i traume oko sebe, jer mi je fokus bio na preživljavanju. Ipak, osjećala sam potrebu za iscjeljenjem u sebi i u svim svjetovima oko mene. Do 2019. godine sam šutjela i pisala priče poput ovih, dok nisam odlučila napokon živjeti. Ovih osam priča su malen, ali snažan dio osobne psihohigijene, koja je ojačala moj duh u početnim godinama u Njemačkoj. Na Balkanu se oni koji idu na terapiju etiketiraju kao luđaci, u Njemačkoj je potražnja tolika da je gotovo nemoguće dobiti mjesto, a izbjeglice prvo moraju na tečaj jezika. U rukama držite moj tečaj jezika, kao i terapiju, jer za njih nije bilo mjesta u kalendaru.

Was ist das Schlimmste,
dass passieren kann,
wenn du es versuchst?

Die Agentur für Arbeit

Die Agentur für Arbeit in Deutschland ist die erste Adresse, die du aufsuchen wirst, wenn es um Arbeit geht. Es ist nicht wie bei uns, wo die Leute nur hingehen, wenn ihnen der Vertrag nicht verlängert wird, weil die Tochter des Nachbarn des örtlichen Bürgermeisters, die zufällig auch die Cousine der Tante des Direktors ist, gerade ihren Abschluss gemacht hat und ihr der Arbeitsplatz versprochen wurde, als sie noch mit dem "kleinen" Sohn des Bürgermeisters im Kindergarten war. Du musst auf dem Balkan keine verwandtschaftlichen und nachbarschaftlichen Beziehungen verstehen, um zu begreifen, dass dir jemand, der Beziehungen hat, die Arbeit wegschnappen kann, die du drei Jahre lang gemacht hast.

Wichtig ist, dass die Politik, Dienerin der Gierigen bleibt und nicht die des Volkes. Du kannst die fähigste Person sein, aber wenn du nicht unterwürfig bist, bist du unfähig. In dem Moment ist es einfacher, deine Sachen zu packen und dann 1300 Kilometer entfernt fähig zu sein. Denn 1300 Kilometer entfernt haben die Menschen dieses Problem nicht. Es sei denn, in der deutschen Arbeitsagentur arbeitet jemand mit Wurzeln aus dem Balkan, der das langjährige und sorgfältig gepflegte Gen der Korruption in sich trägt. Nun wird es lustig.

Das Arbeitsamt in Deutschland ist eine multifunktionale Einrichtung, die sich auch mit Integration, Anerkennung von Abschlüssen, Weiterbildung und allem Anderem befasst, was dich für den Arbeitsmarkt qualifiziert. Es sei denn, dein Berater hat das "Balkan-Gen". In diesem Fall schlägt dir der Berater vor, als Küchenhilfe zu arbeiten. Denn du verstehst ihn super, und du sprichst schon ausgezeichnet, und die Abschlüsse liegen auf dem Tisch, aber er braucht dringend jemanden, der mit der Genauigkeit eines englischen Literaturprofessors und der Geschwindigkeit antiker Philosophen, Kartoffeln schält. Darüber hinaus bleibt seine Statistik natürlich im positiven Bereich, und du bist sowieso nur noch eine "aus Kroatien", die einen Job und eine unbegrenzte Arbeitserlaubnis braucht.

Während ich versuchte mir ins Bewusstsein zu rufen, wo ich mich gerade befinde, verstummte ich zuerst für einen winzigen Moment vor Schock. Es hat mich für einen Moment in die Räume des Arbeitsamtes in Kroatien vor ein paar Jahren zurückgeworfen, und plötzlich spüre ich, wie sich mein Magen zusammenzieht. Einen Moment bevor mich mein Berater mit einem Klick bereits für die "Kartoffelschälmaschine" verurteilt hat, rufe ich aus den Tiefen meines traumatisierten beruflichen Unterbewusstseins: "Nein!".

Was danach auf einmal in fließendem Deutsch aus mir schrie, was mich von einem dankbaren Einwanderer in eine wütende Anwältin für alle neu angekommenen Hoffnungen mit einem Diplom unter dem Arm verwandelte, war in allen Büros auf allen Etagen dieses multifunktionalen Gebäudes zu hören. Ich schnappte mir meine Originale vor seiner Nase, meinen sorgfältig geschriebenen Lebenslauf und alle Kopien, damit ihm nicht ein einziger meiner mühsam erworbenen Papiere bleibt, und ging. Ein Jahr später befand ich mich erneut im gleichen Gebäude. Dieses Mal als stellvertretende Heimleitung, bei einem offiziellen Austauschtreffen auf der Leitungsebene. Ich tat so, als würde ich ihn nicht kennen.

Što je najgore
što se može dogoditi
ako pokušaš?

Zavod za zapos1javanje

Zavod za zapošljavanje u Njemačkoj prva je adresa koju ćeš posjetiti kada se radi o poslu. Nije ti to, kao kod nas, mjesto gdje ljudi idu samo kad im ne produže ugovor iz razloga što je kćerka prvog susjeda mjesnog načelnika, inače i rođakinja ravnateljeve tetke, upravo eto završila fakultet, te joj je to radno mjesto obećano još dok je išla u vrtić s načelnikovim „malim". Ne moraš na Balkanu razumjeti rodbinske i dobrosusjedske odnose kako bi razumio da ti je posao koji si radila tri godine pred nosom uzela osoba s vezom.

Bitno je, da politika ostaje priležnica pohlepnika, a ne služavka naroda. Možeš biti najsposobniji, ali ako si nepodoban onda si i nesposoban. U tom trenutku ti je lakše spakirati se i biti sposoban 1300 kilometara dalje. Jer 1300 kilometara dalje ljudi nemaju taj problem. Osim ako u njemačkom Zavodu za zapošljavanje radi netko porijeklom sa Balkana tko u sebi nosi gen dugo i pomno njegovane tradicije korupcije. E, onda postaje zabavno!

Zavod za zapošljavanje u Njemačkoj jedna je višenamjenska ustanova koja se, između ostalog, bavi i integracijom, priznavanjem diploma, doškolovavanjem, te svime što te osposobi za tržište rada. Osim, u slučaju da naletiš na balkanski gen. Tada ti savjetnik balkanskih gena predloži neka pođeš raditi kao pomoćnica u kuhinji. Bez obzira što ti njega odlično razumiješ, tečno pričaš njemački, te su i diplome na stolu, no njemu pod hitno treba netko tko će preciznošću engleske literature i brzinom antičkih filozofa guliti krompire. Uz to će dakako njegova statistika ostati u pozitivnom balansu, a ti si ionako još jedna "aus Kroatien" kojoj treba posao i neograničena radna dozvola.

Boreći se sa spoznajom gdje se upravo nalazim, ponajprije zanijemim poneki milisekund od šoka. Lansiralo me koju godinu unatrag u one prostorije Zavoda za zapošljavanje u Hrvatskoj i osjetim odjednom kako mi se želudac skuplja. Zatim koji trenutak prije nego me je moj savjetnik jednim klikom već osudio na krompirušu, viknem iz dubine istraumatizirane karijerne podsvijesti: "Nein!".

Ono što je nakon toga iz mene vrištalo na nenadano tečnom njemačkom, što me iz zahvalnog imigranta pretvorilo u gnjevnu zastupnicu svih novodoseljenih nada sa diplomom pod pazuhom čulo se u svim uredima na svim katovima te višenamjenske zgrade. Pokupila sam svoje originale čovjeku pred nosom, svoj pomno pisan životopis i sve kopije, da mu slučajno ne ostane nijedan moj mukotrpno stečeni papir, ustala se i otišla. Nakon točno godinu dana opet sam sjedila u istoj toj zgradi. Ovog puta na službenom sastanku voditeljske razine, kao zamjenica voditeljice azila. Ponašala sam se kao da ga ne poznajem.

Du bist kein Baum.
Beweg dich.

Das Landratsamt

Während ich im Zug auf dem Weg zu einem Vorstellungsgespräch saß, überkam mich plötzlich ein kalter Schweiß. Ich hätte doch wenigstens recherchieren können, was dieses Landratsamt eigentlich ist! Ich holte mein Handy aus meiner Tasche und begann im Internet zu suchen. Die Bezirksverwaltung. Ich suchte weiter, nein, das kann nicht sein… Ich spürte, wie mein Herz schneller schlug und sich mein Hals zuschnürte. Ist das tatsächlich das Landratsamt?

Genau dort hatte ich mich vor der Entscheidung, wegzugehen, auf eine Stelle beworben. Und ich erfuhr, dass die Sekretärin einer der Zweigstellen einer bestimmten politischen Partei, aus der der stellvertretende Landrat kam, die Stelle bekommen würde. Er sagte mir, ich sei nicht rechts genug. Wie zum Teufel, vor nur ein paar Monaten war ich nicht links genug! Der Zug hielt an und ich musste aussteigen. Wenn ich rechtzeitig zum Gespräch kommen wollte, musste ich schneller laufen, ich hatte keine Zeit, zu recherchieren, welche Partei an der Macht ist, wie der Landrat überhaupt heißt und zu welcher Partei er gehört. Mir wurde schwindlig, aber ich schritt aus der Unterführung auf das verglaste Gebäude zu und begann bereits zu weinen, denn wenn sie mich irgendetwas fragen würden, das mit "Partei" beginnt, würde ich mich vor den Menschen, die ich zum ersten Mal in meinem Leben sehe, vor Verzweiflung in tausend Stücke auflösen.

Es dauerte lange, bis ich mich nach dem Gespräch im Arbeitsamt wieder beruhigt hatte. Schließlich fragte ich mich, ob der Berater vielleicht doch Recht hatte. Was habe ich mir nur eingebildet? Ich habe Abschlüsse, aber ich spreche die Sprache nicht perfekt. Es ist keine Schande, Kartoffeln zu schälen. Ich weiß, dass es das nicht ist, und ich verachte keine Arbeit. Das hat nichts mit Geringschätzung zu tun. Aber es hat etwas mit Selbstgeringschätzung zu tun! Ich werde nicht dazu beitragen, jemandes Statistik zu verschönern!

Ich wurde in ein großes Büro eingeladen. Ich und all meine Ängste und Geister auf der einen Seite, die vier auf der anderen. Der Personalleiter fragte mich, wie viel Prozent ich wegen der

Kinder arbeiten könnte, 50, 75, 80 Prozent, alles ist möglich. Spielen wir Lotto, dachte ich. Im letzten Vorstellungsgespräch in Kroatien wurde ich gefragt, wer meine Kinder betreuen würde, wenn sie krank wären, ob ich noch mehr Kinder haben möchte und ob ich mit meinem Mann zusammenlebe, als ob sie eine Zuchtstute einstellen und nicht eine Fachkraft.

Ich entschied mich für 100 Prozent. Anders kannte ich es nicht. Ich bin gekommen, um zu arbeiten, nicht um Mutter zu sein. Ich bin gekommen, um zu überleben. In diesem Moment wusste ich noch nicht, dass ich in einen Sozialstaat gezogen bin. Jetzt weiß ich es besser. Jetzt weiß ich, wie man von zu Hause aus arbeitet. Jetzt weiß ich, wie man sich nicht mit dem Arzt streitet, wenn er mir eine Krankmeldung geben will, weil ich weiß, dass ich deswegen nicht gekündigt werde. Jetzt weiß ich, wie man sich zwei Tage frei nimmt und bei den Schulprojekten der Kinder hilft. Jetzt weiß ich, eine Mutter zu sein. Und ich weiß immer noch nicht, welche Parteien es hier gibt und welche nun an der Macht ist. Kein Mensch hat mich jemals danach gefragt.

Nisi stablo.
Pomakni se.

Zupanija

Dok sjedim u vlaku na putu na razgovor za posao, odjednom me oblje hladan znoj. Mogla sam barem istražiti što je točno taj Landratsamt! Izvadim mobitel iz torbe i počnem pretraživati Internet. Okružna uprava. Pretražujem dalje, ne, ne može biti… Osjetim kako mi srce ubrzava otkucaje i kako mi se steže u grlu. Pa to je zapravo Županija?

Upravo u Županiji sam se prijavila na natječaj za posao prije nego smo odlučili otići. I saznala kako će posao dobiti tajnica jednog od ogranaka izvjesne političke stranke iz koje je dolazio dožupan. Meni je poručio kako nisam dovoljno desno. Kako, kvragu, pa samo par mjeseci ranije nisam bila dovoljno lijevo! Vlak staje i moram izići. Ako mislim na vrijeme stići na razgovor moram ubrzati korak, nemam vremena istražiti koja je stranka na vlasti, kako se uopće zove župan i u kojoj je stranci. Vrti mi se, ali koračam iz podvožnjaka prema ostakljenoj zgradi i već mi se plače jer ako me upitaju išta što počinje sa „stranka“ raspasti ću se od muke na tisuću dijelova pred ljudima koje vidim prvi put u životu.

Dugo mi je trebalo da se stabiliziram nakon razgovora na Zavodu za Zapošljavanje. Upitala sam se naposljetku je li možda ipak u pravu? Što sam si ja umislila, imam diplome, ali jezik ne govorim savršeno. Nije sramota guliti krompire. Znam da nije, i ne zgražam se nijednog posla. Nema to veze sa podcjenjivanjem. Ali ima sa samopodcjenjivanjem! Neću ja služiti uljepšavanju ničije statistike!

Pozvana sam u veliki red na razgovor. Ja i svi moji strahovi i duhovi s jedne strane, njih četvero s druge. Šef personala me upitao koliki postotak mogu zbog djece raditi, 50, 75, 80 posto, sve je moguće. Igramo li se loto?, pomislila sam. Na zadnjem razgovoru za posao u Hrvatskoj pitali su me tko će mi čuvati djecu kad budu bolesna, planiram li imati još djece i živim li s mužem. Kao da zapošljavaju rasplodnu kobilu, a ne profesionalca.

Uzela sam 100 posto. Samo sam to poznavala. Ja sam došla raditi, a ne biti majka. Ja sam došla preživjeti. U tom trenu još nisam znala kako sam se doselila u socijalnu državu. Sada znam bolje. Sada znam raditi i od kuće. Sada znam ne svađati se s doktorom kada mi želi propisati bolovanje, jer znam da neću dobiti otkaz zbog toga. Sada znam uzeti dva dana slobodno i pomagati oko dječjih školskih projekata. Sada znam biti i majka. I niti dan danas ne znam koje sve tu stranke imaju niti koja je gdje na vlasti. Nitko živ me to nikad nije upitao.

Solange du dich nicht umdrehst,
und dir deine Schatten
anschaust, werden sie dich leise
und unbemerkt überall
begleiten, wo du hingehst.

Ein Pralinenschächtelchen

Im Landratsamt, dem für den ich in Kroatien nicht politisch genug war, arbeite ich hauptsächlich mit "unseren" Landesleuten. Menschen, die hier eine bessere Zukunft suchen. Nachdem ich sehe, wie ihr Gesicht aufleuchtet, wenn sie erkennen, dass hier jemand arbeitet, der "unsere" Sprache spricht, erwärmt sich jedes Mal mein Herz aufs Neue. Denn es ist nicht einfach, ein Fremder in einem fremden Land zu sein, aber viel einfacher als unerwünscht im eigenen Land zu sein. Wir sind alle vor ähnlichem Leid geflohen. Aber nicht alle haben den kleinen Teil der Mentalität hinterlassen, den man uns Jahrzehnte lang heimlich ins Unterbewusstsein eingepflanzt hat.

Alle, die hier mit einem Arbeitsvisum leben, müssen bei jeder Verlängerung ihres Aufenthalts im Ausländeramt eine Sprachkursbescheinigung vorlegen. Auch wenn sie in drei Schichten arbeiten. Es ist nicht einfach, und man muss ein Jahr lang die Zähne zusammenbeißen, bis der Kurs vorbei ist. Ich versuche, die Leute so gut wie möglich zu motivieren, denn ein Jahr ist schließlich nichts im Vergleich zum Rest des Lebens, das du leichter in einem Land verbringen wirst, dessen Sprache und Gesetze du kennst.

Im Laufe der Zeit habe ich die Samen der Vetternwirtschaft vergessen, die Beziehungen bevorzugen, selbst für die einfachste Bescheinigung, die dir laut Gesetz zusteht. Und es amüsiert mich immer, wie sich unsere Leute über die Freundlichkeit der staatlichen Angestellten wundern, auch über meine, obwohl ich weit unhöflicher bin als der Rest meiner deutschen Kollegen. Ich kann niemandem zulächeln und freundlich bleiben, der mich malträtiert. Ebenso wenig kann ich diesen Knoten im Magen ignorieren, wenn ich ans Telefon gehe, nachdem meine Kollegin den Anruf dreimal weitergeleitet hat, um zu mir zu kommen, obwohl ich an diesem Tag keine Sprechstunden habe. Ein Deutscher wird das Büro auf den Kopf stellen, um dem Kunden zu helfen, sogar in einer staatlichen Einrichtung. Weil es hier Dienst heißt.

Ich antworte abwesend, versunken in die Tabelle auf dem Bildschirm. Ich höre nicht aufmerksam zu, bis: "Und weißt du, wir brauchen nur diese Bescheinigung, um den Aufenthalt zu verlängern, melde sie danach ab. Sie will nicht mit all diesen Flüchtlingen und Türken im Kurs sitzen. Mach das für uns, dann wird es eine *bombonjerica* geben." Ich höre nur *Bescheinigung* und *bombonjerica* und *machen*. Ich drehe mich bewusst um, um zu prüfen, ob mich jemand dorthin zurückgeschickt hat, wo ich hergekommen bin. "Du kannst gehen, aber mein Schatten wird dich überall finden!", als ob der Balkan persönlich aus den tiefsten Schichten vergessener Erinnerungen meiner unterdrückten Psyche droht.

Ich schnappe nach Luft und atme tief ein, beruhige mich in dem Moment und sehe meine eigene Hand, wie sie den Hörer auflegt. Als ob sie in eine autonome Provinz abgespalten wäre! Ich schaue auf den Hörer und fange voller Unglauben an zu lachen. Versuch jetzt mal der Chefin, die zufällig vor der Tür des Büros stand, zu erklären, was gerade passiert ist. Wie heißt das noch mal auf Deutsch? Süßigkeiten. Pralinen. Und die Schachtel dazu. Ich hätte nie gedacht, dass ich dieses Wort brauchen würde. *Pralinenschächtelchen*. "Also, bei uns auf dem Balkan..."

Sve dok se ne okreneš i pogledaš u svoje sjene, one će te pratiti tiho i neprimjetno gdje god kreneš.

Bombonjerica

U Županiji, za koju u Hrvatskoj nisam bila dovoljno politična, radim većinom s "našim" ljudima. S ljudima koji su ovdje došli tražiti bolje sutra. Nakon što vidim kako im se ozari lice kada shvate da tu radi netko tko priča "naški" i meni bude svaki put toplo oko srca. Jer nije lako biti stranac u tuđoj zemlji. Ali puno lakše nego nepodoban u vlastitoj. Svi smo iz slične muke pobjegli. Ali nismo svi na granici ostavili onaj mali dio mentaliteta koji su nam potiho usađivali desetljećima u podsvijest.

Svi koji su tu na radnoj vizi moraju pri svakom produženju boravka u uredu za strance predati potvrdu o pohađanju tečaja jezika. Čak i kada radiš u tri smjene. Nije lako, te treba stisnuti zube tih godinu dana do kraja tečaja. Pokušavam motivirati ljude najbolje što mogu. Godina dana je ipak ništa u usporedbi s ostatkom života kojeg ćeš lakše provesti u zemlji čiji jezik i zakone poznaješ.

S vremenom sam zaboravila na klice uhljebništva, sređivanje svega preko veze, pa čak i najobičnije potvrde koju po zakonu imaš pravo dobiti. Uvijek me nasmije kako se naši ljudi iščuđavaju ljubaznosti državnih djelatnika, pa i meni, iako sam ja daleko neljubaznija od ostatka njemačkih kolega. Ne mogu se smješkati nekome tko me maltretira i ostati ljubazna. Isto tako ne mogu ne osjetiti onaj grč u želucu kada se javim na telefon nakon što je kolegica triput prespojila da dođe do mene jer taj dan nemam konzultacije. Okrenut će Njemac pola ureda naopako da udovolji klijentu, čak i u državnoj ustanovi. Jer je to ovdje uslužna djelatnost.

Javim se odsutno, uživljena u tablicu na ekranu. Ne slušam pozorno sve do trena dok nisam čula "Znaš, nama treba samo ta potvrdica za tečaj da može produžiti boravak, pa je ti odjaviš. Ne sjedi se njoj sa svim onim izbjeglicama i Turcima na tečaju. Hajde sredi nam to pa će bit jedna bombonjerica". Čujem samo "potvrdica", "bombonjerica" i "sredi". Svjesno se okrećem oko sebe kako bi provjerila je li me netko lansirao natrag tamo odakle sam otišla. "Možeš ti otići, ali moja sjena će te uvijek negdje pronaći!", kao da mi Balkan osobno prijeti iz najdubljih slojeva zaboravljenih sjećanja potisnute podsvijesti.

Hvatam zrak i dišem duboko, smirujem se najbolje što umijem u tom trenutku i vidim vlastitu ruku kako spušta slušalicu. Kao da se odcijepila u autonomnu pokrajinu! Gledam u onu slušalicu i počnem se smijati u nevjerici. Hajde sad objasni šefici koja se slučajno našla na vratima ureda što se upravo dogodilo. Kako se ono kaže bombonjera. Pralinen. I kutija uz to. Nisam nikad mislila da će mi ta riječ trebati. Pralinenschächtelchen. "Also, bei uns auf dem Balkan..."

Mensch zu sein ist einfach.
Menschlich zu sein ist es nicht.

Das Asylantenheim

Das Geräusch des Türgriffs im Büro des Asylantenheims, in dem ich arbeite, erschreckt mich. Ein kleiner Kopf lugt mit der Nase hinter dem Türgriff hervor, sodass ihre Hand die Hälfte ihres Gesichts verdeckt. "Was ist passiert, Najla?", frage ich. "Bereit für die Schule?" Sie schüttelt ängstlich den Kopf. Auf ihrem Gesicht spiegelt sich die ganze Traurigkeit einer zerstörten Kindheit wider, die erzwungene Trennung von ihrer Mutter und ihren jüngeren Geschwistern, Kriegsszenen, die für ein so kleines Wesen viel zu furchterregend sind, alles in einen Prinzessinnenkoffer gepackt, den sie über die gesamte Balkanroute gezogen hat, bemüht, nicht die Hand ihres Vaters zu verlieren.

Ich muss dabei jedes Mal an "unseren" Krieg denken und an die Fernsehberichte aus Vukovar, die sich tief in mein damals siebenjähriges Gedächtnis eingeprägt haben. "Meinem Vater geht es nicht gut.", sagt sie leise. Ich stehe automatisch auf und bereits nach ein paar Schritten sehe ich, wie Ahmad sich über das Treppengeländer beugt und sich mit beiden Händen verzweifelt den Kopf hält. *Bloß nicht hinunterstürzen*, denke ich. Ich spreche ihn mit ruhiger, fester Stimme an, wie ich es in den Schulungen gelernt hatte. Wenn aber ein kleines Mädchen vor dir ihrem Vater zusieht, wie er in unzählige verzweifelte Tränen ausbricht, werden alle Schulungen unwichtig und es bleibt nur eine Methode übrig. Ein Mensch zu sein.

Zum Glück richtet sich Ahmad auf, sobald er meine Stimme an der Tür hört und geht mit gesenktem Kopf ins Büro. Ich schließe die Tür hinter mir, und als sie ins Schloss fällt, fällt Ahmad verzweifelt zu Boden. Ein Mann, der vor einem Jahr gequält, aber voller Hoffnung hier angekommen ist. Ein Mann der in einem Jahr um zehn Jahre gealtert ist. Najla klammert sich krampfhaft an die Stuhllehne, verängstigt von allem, was unerwartet und alles andere als schön, aus ihm herausbricht. Denn es ist nichts Schönes mehr übriggeblieben. Vor seinem ältesten Kind zerbrochen, das er beschützen wollte. Ich hebe Ahmad vom Boden auf und am liebsten würde ich ihm sagen, er solle hier sitzen, während ich seine Frau und Kinder hole. Für sie hat das Geld nicht nach Deutschland gereicht und sie blieben in der Türkei. Aber ich kann nicht. Keiner von uns kann ihm helfen. Grenzen und Kriege sind stärker geworden als wir alle. Alles, was ich tun kann, ist den Schock zu mildern und Fachleute zu rufen. Alles, was ich tun kann, ist eine kontrollierte und sichere Umgebung sicherzustellen, bis der Notarzt eintrifft. Ich habe längst den Notfallknopf gedrückt. Alles, was ich tun kann, ist herauszufinden, wo Najla übernachten kann, um die Inobhutnahme zu vermeiden.

Najla und Ahmad sind eines Tages einfach in der Nacht gegangen, um ihre Mutter zu finden. Najla hat mir über das Mädchen aus ihrem Nachbarzimmer ausgerichtet, dass sie ihrer Mutter alles über mich erzählen und mich finden wird, wenn sie mit ihrer Mutter wieder nach Deutschland zurückkehrt. Ich frage mich oft, ob sie jetzt zusammen sind, während ich wieder das *Danke* mit unsicherer Handschrift, in einem ungeraden Herz auf einem Zettel lese. Ich drehe mich ein letztes Mal im Raum um, bevor die Hausmeister anfangen aufzuräumen, und sehe den Prinzessinnenkoffer neben dem Bett. Sie brauchte ihn nicht mehr. Nichts Kindliches war darin übrig geblieben.

Biti čovjek je lako.
Biti čovječan nije.

Azilantski centar

Zvuk kvake na vratima u uredu azila u kojem radim, prene me iz misli. Mala glavica proviruje nosom iza kvake, tako da joj ruka zaklanja pola lica. "*Što je bilo Najla*?", pitam. "*Spremna za školu?*" Plašljivo odmahuje glavicom. Na licu joj se ocrtava sva tuga jednog uništenog djetinjstva, prisilnog rastanka od majke i mlađe braće i sestara, scene rata prestrašnih za tako malo biće, sve skupljeno u jedan kofer na princeze kojeg je vukla za sobom cijelom balkanskom rutom, trudeći se ne izgubiti tatinu ruku.

Ne mogu ne pomisliti svaki put na "naš" rat i na televizijske reportaže iz Vukovara koje su mi se urezale duboko u moju tadašnju sedmogodišnju glavu. "*Mom tati nije dobro.*", kaže tiho. Automatski ustanem sa sjedalice i već nakon par koraka ugledam Ahmada kako se naginje preko ograde stubišta i s obje ruke grčevito drži za glavu. *Samo da se na baci dolje*, pomislim. Obraćam mu se mirnim, čvrstim tonom, kako sam naučila na školovanjima. Ali kada pred tobom stoji djevojčica gledajući oca kako se raspada u bezbroj očajnih suza koje nisu više izdržale na okupu, sva školovanja postanu nebitna i ostane ti samo jedna metoda. Biti čovjek.

Srećom, čim me je čuo na vratima, Ahmad se uspravio. Krene prema uredu spuštene glave. Zatvorim vrata za sobom, a on na zvuk zatvaranja vrata kao na okidač u očaju pada na pod. Čovjek koji je prije godinu dana došao izmučen, ali pun nade. Čovjek koji je u godinu dana ostario deset godina. Najla se drži grčevito za naslon stolice, bojeći se svega onoga što izlazi iz njega u bujicama, nenajavljeno i nimalo lijepo. Jer nije ostalo više ničeg lijepoga. Slomljen pred svojim najstarijim djetetom koje je htio zaštititi. Podižem Ahmada s poda i najradije bi mu rekla sjedi tu dok odem po tvoju ženu i djecu. Za nju i mlađu djecu nisu imali dovoljno novaca za put do Njemačke, te su morali ostati u Turskoj. Ali ne mogu. Ne može mu nitko od nas pomoći. Granice i ratovi su postali snažniji od sviju nas. Sve što mogu je ublažiti šok i pozvati stručnjake. Sve što mogu je osigurati kontroliranu i sigurnu okolinu dok ne dođu vozila hitne pomoći. Prekidač za hitne slučajeve sam odavno stisnula. Sve što mogu je naći kod koga će Najla prenoćiti da je ne preuzme socijalna skrb.

Najla i Ahmed, samo su, jedne noći, otišli naći mamu. Najla mi je poručila preko curice iz susjedne sobe da će mami sve ispričati o meni i da će me naći kada se s mamom vrati opet u Njemačku. Pitam se često jesu li sada zajedno, čitajući iznova nesigurnim rukopisom napisano *Danke* u nepravilno nacrtanom srcu na ceduljici. Okrenem se zadnji put po sobi prije nego kućni majstori krenu raspremati, i ugledam pokraj kreveta kofer na princeze. Nije ga više trebala. Ništa djetinjeg nije više u njemu ostalo.

Verlierst du dich selbst,
hast du alles verloren.

Der Nachname

"Warum übernehmen Sie eigentlich den Nachnamen Ihres Mannes?", fragt mich eine neue Klientin aus Syrien überrascht, während sie eine Hand schützend auf ihr Herz legt, als wolle sie sich schützen, und gleichzeitig mit der anderen Hand ungläubig gestikuliert, bemüht, diese beiden Bewegungen zu koordinieren. "Wie kann ich etwas aufgeben, was mich seit meiner Geburt zu 'ich' macht? Ich verstehe nicht, warum Sie das tun?", fragt sie weiter, indem sie versucht Englisch und Teile ihres gelernten Deutsch zu kombinieren, wobei sie das Personalpronomen *ich* besonders betont, als wäre es lebenswichtig.

"Nun, einige Frauen behalten ihren eigenen Nachnamen und nehmen zusätzlich den ihres Mannes an, also haben sie beide.", erkläre ich. Dann fängt sie an zu lachen, und ich bleibe irgendwie verwirrt zurück. Es ist, als würde sie meine Gedanken lesen und sagt: "Ich verstehe, was du mir erklärst, aber ich verstehe nicht, wie Sie etwas aufgeben können, was Sie von Ihrer

Familie bekommen haben, etwas, das Sie Ihr ganzes Leben lang hatten, mit dem Sie geboren wurden, und es einfach durch einen fremden Namen ersetzen, sich von Ihrer eigenen Familie abwenden?" In diesem Moment machte es Sinn, was sie sagt.

Wir, westlichen Frauen, modern, stark und unabhängig, Feministinnen, machen uns über sie alle lustig, bewusst oder unbewusst, ob sie nun einen Schal auf dem Kopf haben oder nicht. Jede Frau, die mit einer Menge kleiner Kinder oder mit verhülltem Haar an uns vorbeigeht, bemitleiden wir unbewusst. Auch ich habe jede von ihnen unterbewusst bemitleidet und vergessen, dass meine Großmutter in Herzegowina auch einen Schal trägt und dass mein Vater eines von fünf Kindern ist.

Wir sind uns nicht bewusst, wie wir uns durch diese, auf den ersten Blick menschliche Handlung des Mitleids über sie erheben. Denn Mitleid trägt unterbewusst den Gedanken in sich, dass wir besser sind als diejenigen, die wir bemitleiden. Bis uns diese Frauen dieselbe Frage stellen: Wie konntest du deine Herkunft aufgeben? Ich versuche ihr zu erklären, dass es einfach so ist, dass ich nicht wollte, dass meine

Kinder einen anderen Nachnamen haben als ich und führe alle Argumente auf, die mir einfallen, und merke, wie schlecht alle meine Argumente sind. Ich blieb mit diesen Gedanken zurück und dachte lange darüber nach, auch nachdem jede ihren eigenen Weg gegangen war.

Keine Sorge, ich werde nicht sofort zum Standesamt rennen. Aber ich werde meiner Tochter dieses Gespräch oft erzählen. Ich werde ihr sagen, dass sie nicht nach den Regeln gehen soll, dass sie eine Ausnahme sein soll. Denn das ist sie auch. Jede von uns ist eine Ausnahme, nur erklärt uns niemand rechtzeitig, dass wir nicht alle Regeln befolgen müssen, geschrieben oder ungeschrieben, ohne selbst darüber nachzudenken, was wir wollen. Und das ist vielleicht genau das Gegenteil von dem, was unsere Gesellschaft von uns erwartet, um die Steuerberechnung einer Ehe für staatliche Institutionen einfacher zu machen. Und noch etwas. Beurteile eine Frau niemals danach, ob sie ihren Kopf bedeckt oder nicht. Vielleicht ist sie emanzipierter als du. Vielleicht hat sie genauso blonde Strähnen wie du.

Izgubiš li sebe,
izgubio si sve.

Prezime

"Kako misliš, vi sve uzimate muževo prezime?" - pita me u čuđenju nova klijentica, izbjeglica iz Sirije, stavljajući jednu ruku na srce kao da se štiti, dok drugom gestikulira u nevjerici, pokušavajući istovremeno uskladiti ta dva pokreta. "Kako da se odreknem nečega što me od rođenja čini „ich", ne razumijem, zašto to radite?", pita dalje kombinirajući engleski jezik s dijelovima naučenoga njemačkoga, posebno naglašavajući osobnu zamjenicu „ich" kao da je od životne važnosti.

"Neke žene znaju uz svoje uzeti i muževo pa imaju dva." - objašnjavam. Tada se ona počne smijati, a ja ostanem nekako zbunjena. Kao da mi čita misli kaže: "Razumijem ja što mi objašnjavaš, ali nije mi jasno kako se možete odreći nečeg što ste dobile od svoje obitelji, nečega što ste cijeli život imale, s čim ste rođene, i samo tako zamijeniti za nečije tuđe prezime, odreći se svoje obitelji?" U tom trenu shvatim da ima smisla to što mi govori. Mi, zapadnjačke žene, suvremene, snažne i samostalne, rugamo se svima njima svjesno ili ne, imale one šal na glavi ili ne. Svaku ženu koja prođe sa hrpom male djece kraj nas ili onu sa zamotanom kosom mi podsvjesno žalimo. I ja sam podsvjesno žalila svaku od njih, zaboravljajući da moja baka u Hercegovini isto nosi šal i da je moj otac jedno od petero djece.

Nismo ni svjesne kako se nesvjesno izdižemo iznad njih kroz taj, naočigled ljudski čin žaljenja. Do trena kada nam te iste žene ne postave pitanje: "Kako si se mogla odreći svoga porijekla?" Pokušavam joj objasniti da je to jednostavno tako, da nisam htjela da mi se djeca prezivaju drukčije od mene, navodim sve razloge kojih se mogu dosjetiti, i shvatim kako su mi svi argumenti loši. Ostala sam s tim mislima razmišljajući još dugo vremena nakon što je svaka otišla svojim putem.

Bez brige, neću odmah trčati u općinu. Ali ću svojoj kćeri puno puta prepričavati taj razgovor. Reći ću joj da ne gleda pravila, nek bude iznimka. Jer ona to i je. Svaka od nas je iznimka, samo nam nitko ne kaže dovoljno puta da ne moramo slijediti sva pravila, pisana i nepisana, bez da same razmislimo što želimo. Nemoj nikada suditi ženu po tome ima li pokrivenu glavu ili ne. Možda je emancipiranija od tebe. Možda ima iste plave pramenove kao i ti.

Lasse es nie zu, dass ein anderer entscheidet, wo du hingehörst.

Stillschweigende Segregation

Wenn in der Schulklasse deines Kindes fünfzehn Kinder aus neun verschiedenen Ländern sind und von den anderen vier nur zwei echten Deutschen, weil die anderen beiden die erste Generation von Einwanderern in Deutschland sind und daher beschlossen haben, ihren Kindern ihre Muttersprache nicht beizubringen, wird es bei jedem Klassentreffen sehr interessant. Ich komme also als Letzte zum ersten Klassentreffen, weil ich natürlich zu spät dran bin. Ich beeile mich von der Arbeit, hole den Kuchen ab, den ich gestern fast vergessen hätte zu backen, vergesse dabei meinen Mann, kehre zurück, um ihn abzuholen, hole das andere Kind aus dem Kindergarten ab, erinnere mich daran, dass ich meinen Mann anstelle des Kuchens mitgebracht habe, kehre zurück, um den Kuchen zu holen, und komme pünktlich.

Am Eingang sehe ich drei zu einem Viereck angeordnete Tische im Klassenzimmer, suche nach einem freien Platz und lasse meinen Blick aus diesem Grund über alle drei Gruppen schweifen. Am ersten Tisch, dem der Tafel und dem Lehrertisch am nächsten liegt, sitzen deutsche Mütter und solche, die zu denen geworden sind. Am mittleren Tisch sitzen die Ausländer, Eltern, zu denen ich eigentlich auch gehöre, die in den letzten Jahren eingewandert sind. Ich schaue zum dritten Tisch, und natürlich ist mir bis dahin schon klar, dass dort die Flüchtlingseltern sitzen.

Die größte Gruppe bilden Ausländer wie ich, die untereinander auf etwas besserem oder schlechterem Deutsch sprechen. Die deutschen Mütter und diejenigen, die es geworden sind, mitsamt der Väter, die wirken, als seien sie da um als Maßstab für die Sorge um das Kind wechseln sich ab zwischen Gesprächen und Blicken durch das Klassenzimmer, alle synchronisiert. Wenn ich das gewusst hätte, hätte ich meinen Mann zu Hause gelassen. Aber nun sind wir beide gekommen, weil ich ihn gegen den Kuchen eingetauscht habe. Nachdem ich diese stillschweigende Segregation erkannt habe, setze ich mich zu den Flüchtlingen. Wenn ich etwas bemerke, heißt das nicht, dass ich ein stillschweigender Teil davon sein muss.

Ich erkenne sofort, welche Kuchen die Flüchtlingsmütter gebacken haben, denn ich habe schon alles im Asylantenheim probiert, und ich nehme absichtlich gerade den. Immerhin habe ich seit meinem letzten Besuch bei meiner Großmutter in Herzegowina keine Baklava mehr gegessen. Nicht nur die Sitzplätze sind Opfer der stillschweigenden Segregation, sondern auch die Kuchen. Glücklicherweise habe ich rechtzeitig bemerkt, dass mein Mann kein Gugelhupf ist.

Die Kinder jedoch, sie sind eine ganz andere, wunderbare Geschichte. Sie sind wie ein Salat aus fünfzehn verschiedenen Gemüsesorten gemischt, rennen über den Flur, essen alles in Reihenfolge und fragen nicht, wer was gekocht oder mitgebracht hat. Was auch immer ihnen lecker aussieht, probieren sie, lachen und haben Spaß. Wie freier und unbeschwerter sie doch sind! Ich hoffe, dass es für immer so bleibt. Ich hoffe, dass sie diese Unbeschwertheit auch in ihrem Erwachsenenalter ausstrahlen werden.

Nikada ne dopusti drugome da ti određuje gdje pripadaš.

Presutna segregacija

Kada u razredu tvog djeteta ima petnaestoro djece iz devet različitih zemalja, a od onih ostalih je samo četvero pravih Nijemca, jer drugi dvoje su prva generacija doseljenika rođena u Njemačkoj, pa su nekad usput odlučili da nema potrebe da djecu uče svome materinjem jeziku, bude jako zabavno na svakoj razrednoj proslavi. Uđem tako na prvu razrednu proslavu zadnja jer naravno kasnim. Požuri s posla, svrati po kolač koji si jučer umalo zaboravila ispeći, zaboravila muža, vrati se po njega, pokupi drugo dijete iz vrtića, sjeti se da si ponijela muža umjesto kolač, vrati se po kolač i dođi na vrijeme.

Na ulazu vidim tri u četverokut posložena stola u razredu, tražim slobodno mjesto i iz tog razloga mi pogled prođe preko sve tri grupice. Za prvim stolom, najbližem ploči i stolu razrednice sjede njemačke mame i one koje su to postale. Za srednjim stolom stranci, roditelji kojima zapravo i ja pripadam, oni koju su u zadnjih nekoliko godina doselili. Pogledam za treći stol, i naravno, do tada mi je već jasno, za njim roditelji izbjeglice. Najveću skupinu čine stranci kao i ja. Pričaju međusobno neki na malo boljem, neki na malo lošijem njemačkom. Njemačke mame i one koje su to postale, a uz svaku je nazočan i tata kao mjerilo brige za to dijete, izmjenjuju red priče, red pogleda po učionici, svi sinkronizirano. Da sam to znala ostavila bi muža kući. Ali eto, došli mi oboje jer sam ga zamijenila za kolač. Na spoznaju ove prešutne segregacije sjednem među izbjeglice. Ako nešto primjećujem ne mora značiti da moram biti prešutni dio toga.

Prepoznajem odmah i koje su kolače pravile izbjegličke mame, sve sam već probala u azilu, i uzimam namjerno baš te. Uostalom, baklavu nisam jela od kad sam zadnji put bila kod bake u Hercegovini. Nisu samo sjedeća mjesta žrtve prešutne segregacije, već i kolači. Sreća, na vrijeme sam skužila da mi muž nije kuglof.

Mešutim, djeca pričaju potpuno drugačiju, ljepšu, priču. Izmiješali se kao salata sa petnaest vrsta povrća, trče po hodniku, jedu sve po redu i ne pitaju tko je što kuhao niti donio. Što god im izgleda ukusno probaju, smiju se i zezaju. Koliko su slobodniji, koliko neopterećeniji! Možda ni mi nismo nikada trebali odrasti. Nadam se kako će tako zauvijek i ostati. Nadam se kako će ovom neopterećenošću isijavati i kada izrastu.

Haben wir nicht genug überlebt?
Vielleicht ist es Zeit, anzufangen
zu leben?

Der Kalenderplaner

Ich nehme mein Handy in die Hand, und bin es schon gewohnt, dass mich meine beste Freundin täglich mit den Vorschlägen anruft, Kaffee trinken zu gehen, ins Kino zu gehen, nach Berlin zu fahren… "Kaffee?", höre ich von der anderen Seite. "Ich gehe nur schnell Brot holen und komme.", sage ich und schnappe mir Schlüssel, Geldbeutel, Tasche und Kalenderplaner, der mir wie eine dritte Hand gewachsen ist, seitdem ich in Deutschland lebe. Hier ist der Kalenderplaner wie die Bibel.

Wir treffen uns in einem Dorfcafé und bestellen uns mitten am Tag Cocktails. Ich setze mich hin, zähle auf, was ich heute schon alles erledigt habe, während ich meine Jacke ausziehe, alles systematisch und ordentlich, wie in Platons *Staat*, und kämpfe mit dem Zeitmangel wie Don Quijote gegen Windmühlen. Ich nehme einen Schluck von meinem Cocktail, dann fährt sie fort: "Ich habe heute wieder eine Beule hinter dem Ohr gespürt.", sagt sie, als würde sie über die Gesetze sprechen, die sie diese Woche für ihre Ausbildung lernen musste. Es reicht uns nicht, nur in einem Land zu studieren, wir müssen es noch einmal in einem anderen tun. Neben Vollzeitjobs, Kindern und allem anderen. So lerne ich die Sprache schneller, tröste ich mich. Die Artikel und Verordnungen sind mir bekannt, als hätte ich Jura studiert, aber ein Rezept kann ich mir nicht auswendig merken. Ob das Essen gekocht, geschmort, aufgekocht oder nur leicht geköchelt hat, werde ich auch in zwanzig Jahren einfach nur als Kochen bezeichnen.

"Die gleichen?", frage ich sie, ihren Tonfall übernehmend. "Aha.", nickt sie und kratzt sich hinter dem Ohr, und automatisch übernehme ich ihre Handlung, als hätte jede von uns eine Laus genau hinter dem rechten Ohr. "Und hast du einen Termin ausgemacht?", frage ich. "Ich habe in der Onkologie angerufen, war aber auf dem Parkplatz, also sagte ich, ich werde heute Nachmittag anrufen, wenn ich alle Termine im Kalender überprüft habe.", antwortet sie, und es klingt immer noch, als würden wir über das Zweite Buch des Sozialgesetzes sprechen. "Die Arzthelferin schlug mir vor, ein MRT des ganzen Körpers zu machen, da ich in kurzer Zeit so viel abgenommen habe." -"Na ja, wenn du noch zwei Kilo abnimmst, fürchte ich sie werden dich zweimal in die Röhre stecken müssen, um dich ablesen zu können.", sagte ich und wir lachten wie zwei Idioten, während zwei lokale Trinker und die Bardame uns seltsam anschauten.

Ich habe verschwiegen, dass ich sicher weiß, dass sie ihren Kalenderplaner auf dem Beifahrersitz hatte, wir tragen sie noch nicht einmal in der Tasche. Aber solange du keinen Termin in der Bibel der Ereignisse hast, ist noch nichts passiert, es ist nur eine Laus hinter dem Ohr, zum Kratzen. Und deshalb zögerst du, diesen Termin in die Bibel der Ereignisse einzutragen, denn erst dann ist er real und du musst ihn erledigen. Wir lassen keine Dinge unerledigt und setzen uns nicht hin, wenn wir müde sind, sondern wenn wir alles erledigt haben. Und dann am liebsten überall eher als auf das Sofa, denn dort liegen schließlich nur Faulenzer. Außer, dass wir uns gelegentlich ins Krankenhaus legen, uns von der Anästhesie erholen und zurückkommen wie von einem Urlaub. Neue Termine in den Kalendern erwarten uns bereits, als wären wir seit Jahren weg gewesen. Krebs, zwei, drei, wer zählt.

Zar nismo dovoljno preživljavali?
Možda je vrijeme početi živjeti?

Kalendar

Uzimam mobitel u ruke, naviknuta na svakodnevne pozive najbolje prijateljice s prijedlozima za kavu, kino, odlazak u Berlin… "Kava?"- čujem s druge strane. "Skoknem po kruh pa stižem!" - odgovaram. Uzimam ključ, novčanik, vrećicu i kalendar. Srastao sa mnom kao treća ruka od kada živim u Njemačkoj. Ovdje ti je kalendar kao Biblija.

Nalazimo se u seoskoj kavani i naručujemo koktel u sred bijela dana. Sjedam, nabrajam skidajući jaknu što sam sve danas obavila, sistematizirano i uređeno, kao u Platonovoj Državi, boreći se sa nedostatkom vremena kao Don Quijote s vjetrenjačama. Uzimam gutljaj koktela, pa nastavi ona: "Napipala sam danas opet kvržicu iza uha.", kaže kao kad priča o zakonima koje je ovaj tjedan morala naučiti za školovanje. Nije nam dovoljno jednom studirati u jednoj državi, treba opet i u drugoj. Uz puno radno vrijeme, djecu i sve ostalo. Tješim sebe kako tako brže učim jezik. Poznajem članke i uredbe kao da sam pravo studirala, a recept ne znam prepričati. Je li prokuhalo, kuhalo, nakuhavalo se ili samo lagano kvrčkalo, i za dvadeset godina ću ja to sve kochen.

"One iste?," pitam preuzimajući njenu intonaciju. Aha, kimne glavom i počeše se iza uha, a i ja automatski iza svoga, kao da se svakoj po jedna uš uvukla baš iza desnoga uha. "Jesi li napravila termin?", pitam. "Zvala sam onkologiju, ali sam bila na parkingu pa sam rekla da ću zvati popodne kad provjerim sve termine u kalendaru.", odgovara. Još uvijek kao da pričamo o Drugoj knjizi Zakona o socijalnim naknadama. "Ali medicinska sestra mi je predložila da napravim MRT cijelog tijela jer sam u kratko vrijeme puno smršala." -"Pa da, najbolje da smršaš još dva kila do tada tako da te dvaput moraju ugurat u tubu da bi te očitalo.", ispalim i prasnemo u smijeh kao dvije budale, a dva lokalna pijanca i konobarica sa šanka pogledaše nas čudno.

Prešutjela sam da znam kako je sigurno imala kalendar na suvozačevom sjedalu, čak ih niti u torbi ne nosimo. Ali, sve dok nemaš termin u Bibliji događanja nije ti još ništa, samo uš iza uha, za počeškati se. I zato oklijevaš upisati taj termin u tu Bibliju događanja, jer je tek onda stvaran i moraš ga obaviti. Jer mi ne ostavljamo stvari neobavljenima i ne sjednemo kad smo umorne, već kad smo sve obavile. I onda po mogućnosti svugdje radije nego na kauč. Tamo leže samo lijenčine.

Osim što tu i tamo prilegnemo u bolnicu, naspavamo se od anestezije i vratimo se kao s godišnjeg odmora. Novi termini u kalendarima već nas čekaju kao da nas nije bilo godinama. Rak, dva, tri, tko broji.

Am Ende des Tages findest du
dein Zuhause nur an einem Ort.
In deinem Herzen.

Die Wehklage

Du ziehst aus dem Land weg. Weil du unzufrieden mit den Institutionen bist, mit der Mentalität, weil sie stehlen, lügen und betrügen, weil du keinen Job finden kannst, wenn du keine Beziehungen hast, weil alles über Beziehungen läuft, selbst der einfachste Arztbesuch. Du ziehst weg, weil du müde bist. Müde vom Versuchen, von der Anstrengung, vom Bemühen, wissend, dass es nicht fruchtet, weil diejenigen mit Beziehungen sich immer besser abmühen. Weil niemand etwas unternimmt, auch du nicht. Du siehst mit allen anderen zu, wie sich das Netzwerk aus Lügen und Korruption nicht nur in den staatlichen Einrichtungen, sondern auch im privaten Sektor ausbreitet.

Du ziehst weg, weil du von den Politikern die Nase voll hast. Weil sie das Gehalt der Parlamentsabgeordneten, die Reisekosten, die getrennte Lebensführung und eine unendliche Anzahl erfundener Entschädigungen stehlen. Du weißt, wie jeder lokale Politiker an die Macht gelangt ist, du weißt, wo er gestohlen hat, du weißt, wen er über Beziehungen eingestellt hat, du weißt, welche Jobs er den Verwandten über erfundene Ausschreibungen zugeschanzt hat. Du ziehst weg, weil du weißt, dass du ein nutzloses durchschnittliches Leben führen wirst und dass du einfach nie etwas schaffen wirst, weil sie dir einfach keine Chance geben. Weil das System stärker ist als du, weil die verwandtschaftlichen Beziehungen der ungeeigneten, aber angepassten Schmarotzer stärker sind als du.

Auf der anderen Seite bist du dir der Einschränkungen bewusst, da du ein Ausländer in Deutschland bist. Man vergleicht dich mit den kroatischen Flüchtlingen aus den Neunzigern. Du siehst es ihnen im Gesicht an, wenn du ein Wort falsch aussprichst. Wenn du die Sprache nicht beherrschst, bist du auf Jobs in der Produktion oder im Dienstleistungsbereich angewiesen. Auch wenn im Land Hunderttausende von Lehrern fehlen, ist dein Abschluss nichts wert, bis du nicht den langwierigen Prozess der Anerkennung deines Abschlusses durchläufst, den du dir nicht leisten kannst, weil du arbeiten musst. Auch hier ist das bürokratische System kompliziert, so wie das Steuersystem. Dann fängst du an, mit Flüchtlingen zu arbeiten, und siehst, wie geschlossen und unmenschlich einige kommunale Einrichtungen sind. Du siehst, wie das harte bürokratische System aufrechterhalten wird, auch wenn es überlastet ist. Du siehst, dass nicht alle nett sind. Du siehst, wie Ausländer die Flüchtlinge nicht ertragen, und den Deutschen kannst du nicht einmal an der Mimik ablesen, was sie denken, weil sie stets ihre Korrektheit halten.

Am Ende des Tages setzt du dich auf das Sofa, weil du nach einigen Krankschreibungen endlich gelernt hast, dich auszuruhen, und fragst dich, ob es sich gelohnt hat, die Kinder von der Familie und dem Land wegzubringen, in dem sie geboren wurden. Werden sie es dir verübeln, wenn sie erwachsen sind? Wie kann man sicherstellen, dass sie einen Teil ihrer Kultur bewahren und einen Teil der neuen übernehmen? Wie wird man die Bitterkeit los, die im Herzen geblieben ist? Wie kann man wieder das Herz öffnen und anfangen zu leben, statt zu überleben? Ich weiß es nicht. Ich muss nicht alles auf einmal wissen. Alles, was ich tun muss, ist, mich auszuruhen.

Na kraju dana dom možeš naći samo na jednom mjestu. U srcu.

Jadikovka

Odseliš se iz države. Jer si nezadovoljan institucijama, jer si nezadovoljan mentalitetom, jer kradu, lažu i varaju, jer ne možeš naći posao ako nemaš vezu, jer sve ide preko veze pa čak i najobičniji pregled kod doktora. Odseliš se jer si umoran. Umoran od truda, od nastojanja, od pokušaja, znajući da neće uroditi plodom jer se oni s vezom uvijek potrude bolje. Jer nitko ništa ne poduzima, pa ni ti. Gledaš sa svima ostalima kako se mreža laži i korupcije širi ne samo državnim ustanovama, već i privatnim sektorom.

Odseliš se jer ti je muka od političara. Jer uzimaju plaću saborskih zastupnika, naknade za poslovne puteve, odvojen život i još nepregledan niz izmišljenih naknada. Znaš kako se svaki lokalni političar domogao vlasti, znaš gdje je ukrao, znaš koga je preko veze zaposlio, znaš koje je poslove preko izmišljenih natječaja rođacima namjestio. Odseliš se jer znaš da ćeš živjeti uzaludnim prosječnim životom i da baš nikada nećeš moći stvoriti nešto jer ti jednostavno ne daju. Jer je sustav jači od tebe, jer su rodbinske veze nespodobnih, ali podobnih uhljeba jače od tebe.

S druge strane si svjestan ograničenja jer si stranac u Njemačkoj. Uspoređuju te s hrvatskim izbjeglicama iz devedesetih. Vidiš im na licu kada pogrešno izgovoriš neku riječ. Ako ne znaš jezik osuđen si na poslove u proizvodnji ili uslužnim djelatnostima. I kada u zemlji nedostaje stotine tisuća učitelja, tvoja diploma ne vrijedi ništa ako ne prođeš dugotrajan proces priznavanja diplome kojeg si ne možeš priuštiti jer moraš raditi. I ovdje je birokratski sustav kompliciran, kao i porezni. Onda počneš raditi s izbjeglicama i vidiš kako su pojedine državne institucije zatvorene i nehumane. Gledaš kako se tvrdi birokratski sustav održava i kada je preopterećen. Vidiš kako nisu svi ljubazni. Vidiš kako stranci ne podnose izbjeglice, a Njemcima ne možeš ni pročitati na licu što misle od korektnosti.

Na kraju dana sjedneš na kauč jer si nakon nekoliko bolovanja napokon naučio odmoriti se i zapitaš se je li vrijedilo odvesti djecu od obitelji i zemlje u kojoj su rođeni. Hoće li ti zamjerati kada odrastu? Kako se pobrinuti da zadrže dio svoje kulture i usvoje dio nove? Kako se riješiti gorčine koja je ostala u srcu? Kako opet otvoriti srce i početi živjeti, umjesto preživljavati? Ne znam. Ne moram znati sve odjednom. Sve što moram je, odmoriti se.

ANTONIJA CERKEZ IVKOVIC

Antonija Cerkez Ivkovic wurde in Bosnien und Herzegowina geboren und zog während ihrer Kindheit mitten im Heimatkrieg nach Kroatien. Dort lebte sie neben einem Asylantenheim. Nach dem Abschluss ihres M.A. in englischer Literatur und Philosophie zog sie nach Deutschland und begann, mit Flüchtlingen zu arbeiten. Sie ist ICF Business Coach, ThetaHealing® Practitioner und Schreibtherapeutin mit Schwerpunkt auf Traumata.

Antonija Cerkez Ivkovic rodjena je u Bosni i Hercegovini i tijekom djetinjstva je, usred Domovinskoga rata, preselila u Hrvatsku. Tamo je zivjela pored azilantskog centra. Nakon zavrsenog magisterija engleske knjizevnosti i filozofije, preseljava se u Njemacku i pocinje raditi s izbjeglicama. Radi kao ICF Business Coach, ThetaHealing® Practitioner i terapeutkinja pisanja s naglaskom na traumu.

www.antonijaivkovic.com